D0908381

Coordinador de la colección: Daniel Goldin
Diseño: Arroyo + Cerda
Dirección artística: Rebeca Cerda
Diseño de portada: Joaquín Sierra

A la orilla del viento...

Primera edición en inglés: 1982
Primera edición en español: 1992
Segunda edición: 1996
Tercera reimpresión: 2001

Cuento Negro para una Negra Noche

CLAYTON BESS

*Para Sonia Levitin
por su fe en esta historia*

Título original:
Story for a Black Night

© 1982, Robert H. Locke
Publicado por Houghton Mifflin Co., Boston
ISBN 0-395-31857-2

D.R. © 1992, FONDO DE CULTURA ECONÓMICA, S.A. DE C.V.
D.R. © 1996, FONDO DE CULTURA ECONÓMICA
Av. Picacho Ajusco 227; México, 14200, D.F.

ISBN 968-16-4872-2 (segunda edición)
ISBN 968-16-3792-5 (primera edición)

Impreso en México

ilustraciones de
Manuel Ahumada

traducción de
Rafael Segovia Albán

FONDO DE CULTURA ECONÓMICA
MÉXICO

Capítulo 1

❖ ¿VERDAD QUE la noche está negra esta noche? Les gustaría andar corriendo y jugando por ahí, pero está demasiado oscuro. La fuerza de la tormenta, hizo que la luz se fuera y esta noche la gente tendrá que alumbrarse con lámparas de petróleo como antes, y ustedes niños se quedarán aquí sentaditos conmigo. Y abran bien los ojos. Y escuchen. Vean cómo anda por ahí la gente con sus lámparas, y vean esa luz dorada, rebotando y lanzando sus sombras retorcidas hasta donde estamos, asustando a niños pequeños como éste.

—¿Anda el mal por aquí esta noche, Pá?

Mi niño pequeño pregunta: ¿está el mal aquí?; quiere saberlo.

Bueno, estamos cambiando rápido, igual que toda África, pero no podemos desechar el mal. Ahora tenemos mucho progreso, mucha medicina nueva, muchos autos nuevos, y también corriente eléctrica, que se fue esta noche porque no puede ser como Dios.

Y dicen ahora que la viruela se fue para siempre. Ya no hay viruela en el mundo entero; los niños pequeños como tú ya no tienen que ir a que los vacunen, eso dicen. Ya veremos. Hay que esperar. Ya veremos.

Este pequeño quiere saber cómo es el mal. Les voy a contar todo acerca del mal. Y también les voy a contar del bien. Es cosa del corazón. Es la gente y lo que la gente hace. Eso es el bien y el mal, y es la pura verdad.

Y no me digan lo que dice el cura, porque es un hombre como todos, que sabe tanto como este hombre que está platicando. Así que no me vengan con el cura. Si él quiere creer lo que dicen los blancos, allá él. Pero yo te cuento lo que sé; y lo que he visto. Es cosa del corazón.

Les voy a contar la historia de Maima Kiawú. Nunca les había hablado de esto, ¿verdad? ¡Oye, pequeño! ¿Nunca te conté la historia de Maima Kiawú?

Llegó en una negra noche, negra como ésta, y trajo su mal a nuestra casa. Yo entonces era un niño, como éste, en verdad. Pero aquí las cosas eran diferentes en aquellos tiempos. Kakata era una aldea pequeñita, y esta misma casa estaba rodeada de selva, porque el pueblo no había llegado hasta acá a juntarse con nosotros. Ahora, con el camino de brea, parecería que somos parte de Kakata, pero en aquel tiempo había que caminar varias leguas por un sendero malo para llegar al pueblo. Y todo lo que rodeaba a esta casa estaba tal como Dios lo puso en el mundo. Mi pá cortó los árboles y abrió en la maleza un círculo y limpió de yerbas la tierra roja, para que no se acercaran las víboras. En medio de ese círculo estaba nuestra casita, bien solitaria.

El día cuya noche Maima Kiawú nos vino a traer su mal, estaba yo afuera, sentado junto al fogón, viendo el día acabarse. A mi lado estaban mi Má, dándole el pecho a mi hermanita Meatta, y Má Grande, solitos los cuatro nada más. Pá ya había muerto entonces, porque en la estación seca lo mordió una víbora a la que llaman la "Vieja Dos Pasos". Pá sólo pudo caminar dos pasos después de que lo mordió.

Volviendo a aquella noche, terminamos de cenar cuando de pronto Má Grande me tomó del brazo, y me susurró:

—¡Momo, quédate aquí! ¡El leopardo acecha!

Nunca supe cómo Má Grande podía saber esas cosas. Estaba ciega. Pero aun así podía ver, sin sus ojos, lo que yo no podía ver con los míos.

Esa noche yo sí vi. Ahí donde empezaba la maleza, estaba el leopardo, mirándome con sus ojos amarillos y pálidos como la llama de esa lámpara, que se está apagando.

Má se quedó como piedra, con Meatta en brazos. Y el leopardo inmóvil: una estatua tallada en madera. Yo, con el corazón en la boca, masticándolo. Los dedos huesudos de Má Grande se me enterraban en el brazo.

—¡Es una señal! —susurró Má Grande.

Sabía que tenía razón. El leopardo nunca es tan atrevido como para acercarse tanto a la gente. ¡El mal se estaba acercando!

Mientras lo mirábamos, el leopardo alzó al cielo su cabeza de gato y pegó un grito tan largo y tan fuerte, que se me heló la sangre en las venas. Luego, sin un solo ruido, se deslizó entre los árboles como sombra en el aire, y desapareció. La selva vacía y negra estaba otra vez ahí, mirándome. Los pájaros, en lo alto, dejaron de cantar.

Ustedes no se imaginan cómo se oían los pájaros, aquí mismo. Yo no he podido olvidarlo en estos treinta años. A menos que el niño de diez años no oiga igual que el hombre de cuarenta, eso no lo sé.

Ahora los pájaros se han ido, y los leopardos también se han ido, igual que el venado y el mono, ya que hay demasiada gente. Ahora tal vez cada cuatro

meses, por el camino de asfalto se ve algún cazador con carne de venado, pero la vende muy cara. O a veces se encuentra carne seca de chango en el mercado de Kakata, pero es muy cara, y hay que dejar el mono y comprar pescado. Me entristece, porque la carne de venado y la carne de mono son sabrosas.

¡Eh, pequeño! ¿Te acuerdas de aquella vez que comimos carne de mono? ¡Qué rica! Fue hace ya mucho tiempo,¿verdad?

Sí, los pájaros se fueron de aquí porque también se fueron los árboles altos. Sólo quedaron los matorrales. Creo que a los pájaros no les gusta posarse en filas.

También puede ser que los asuste el ruido de los autos y camiones que pasan tan cerca de aquí, sobre el camino de asfalto. Maldito sea el asfalto.

Pero alguna vez el único ruido que hubo aquí era el canto de los pájaros, el chillido de los monos, y a veces el leopardo rugiendo a lo lejos y el viento en las ramas altas de los árboles. Por eso es que aquella noche me asustó oír la selva llena de silencio.

La noche se hacía oscura. Los árboles a nuestro derredor eran tan altos que no dejaban pasar lo que quedaba de luz del sol, y se acercaba una oscuridad sin luna. Volví los ojos hacia Má, y hacia Má Grande, y vi que ellas también tenían miedo porque el leopardo lloró frente a nuestra casa. Meatta, también, dejó el pecho y volteó a mirar hacia la selva y observaba y escuchaba.

Má Grande me había advertido muchas veces que había cosas que mataban, moviéndose en la noche por la maleza, sobre todo cerca de lugares con agua, como éste. Me había hablado de Mamá Agua, mitad mujer, mitad pez, que arrastra a los niños al fondo del río, hasta su casa, para hacerlos esclavos o para comérselos. Má Grande decía que, donde ella vivía antes, en la costa, vio muchas

veces cómo Mamá Agua aparecía para llevarse a los niños, hasta de las mismas espaldas de sus madres.

Seguíamos sentados ahí, mientras el fuego se iba muriendo.

Rápidamente las sombras crecieron oscuras y largas. Muy pronto estaba ya ahí una negra, negra noche, y aunque hubiera habido ahí un hombre blanco, no lo hubiéramos podido distinguir.

—Má —dije. Y mi voz se hizo débil dentro de mí—. Má, vámonos ya a casa.

—Sí, Momo, está bien. La voz de mi Má siempre sonó cálida y dulce a mis oídos.

Corrí a la casa, me siguió Má con Meatta en brazos y detrás Má Grande, quien cerró y atrancó la puerta y fue a cada ventana a cerrar y atrancar los postigos para que no entraran los espíritus de la noche. Todo alrededor era negra noche, pero como Má Grande no tenía ojos, se movía en la oscuridad como lo hacía durante el día, siempre de algún modo con paso seguro y mano certera.

Me acosté a dormir, pero el sueño y yo no congeniábamos. Empecé a pensar en aquel leopardo de mal agüero, y a preguntarme qué mala suerte estaba atrayendo sobre la casa.

El silencio estaba en todas partes.

¡Frus, frus! Esa era Má dándose vuelta sobre su estera.

¡Frus, frus! Ahora era Má Grande.

¡Urp! Esa era Meatta con sus ruiditos de bebé. Y de pronto:

...*¡Toc! ¡Toc! ¡Toc!*

Era la primera vez en mi vida que oía eso. ¡Alguien tocaba en la noche a nuestra puerta solitaria! Una mano fría me cogió el corazón, ¿sabes? Y apretó el puño.¿Por qué alguien andaría allá afuera con ese espíritu oscuro rondando por ahí? Quien fuera que estuviera allí andaba en pies de felino, y lo había traído el leopardo para traer malas nuevas. ❖

Capítulo 2

❖ DESEÉ QUE hubiera luz. Que tuviéramos una lámpara de petróleo como la tía allá en el pueblo. Muchas veces se lo había yo pedido a Má, pero siempre decía que era demasiado cara, y que tendríamos que acarrear todo el tiempo el petróleo desde el pueblo, y la distancia era grande, y ahora ya no había en casa un hombre que lo hiciera. Además, decía, no la necesitábamos, porque ya nadie leía en nuestro hogar desde que ella había guardado su Biblia, después de la muerte de Pá.

A Má Grande no le gustaba que Má leyera. A Má Grande no le gustaba ningún tipo de libro, pero en particular le disgustaba ese libro. Lo llamaba medicina del mal, y hasta el día en que murió, escupió cuando la tía trató de leerle algún pasaje.

Pero yo extrañaba los tiempos en que Má leía. Una vez le pregunté por qué lo había dejado, y dijo que porque sólo confundía a la gente. Entonces habló de Monrovia* y de cambios en la ciudad, y de confusión, igual que yo les hablo ahora de Kakata. África está confundida, y eso es por culpa de los libros.

Pero en esos días, yo me creía muy listo, y nada me atraía más que los libros. Le suplicaba a Má que me dejara ir a la escuela. Muchas veces le supliqué,

---

*Monrovia: Capital de Liberia, país del África occidental. (T.)

pero siempre decía que no, hasta que mi suplica acabó con su paciencia. Y además, con tanta insistencia también de los de la misión, consintió. Y al fin pude aprender a leer, ¡Sí, señor!

Y empezamos a comprar el petróleo que yo cargaba, para tener luz, y leer. Y ahora, al fin, tenemos corriente eléctrica en la casa. ¿Y eso qué? Tal vez consiga dinero y compre un refrigerador, para que este pequeño ponga su tiendita y venda refrescos fríos. ¿No te gustaría eso?

Pero aquella negra noche fue antes de que supiera de libros, y antes de que tuviéramos petróleo, cuando las cosas eran como eran antes y no como son ahora. En aquellos tiempos, cuando la noche llegaba a esta casa, no intentábamos detenerla.

¡*Toc, toc, toc!*

Oí cómo Má se

levantaba en la oscuridad y buscaba su camino hacia la puerta. Sus pies me rozaron al pasar, y alargué el brazo —demasiado tarde— para detenerla.

Má Grande le advirtió, rápido y en voz baja,

—¡Hawah, espera!

Má ya estaba en la puerta, pero no la abrió.

—¿Quién está ahí? —preguntó.

—Maima Kiawú —era la voz de una mujer joven, un sonido dulce.

—¿Quién eres, Maima Kiawú, y qué quieres?

—Estoy cansada —respondió la mujer—. Venimos desde Monrovia, y vamos de camino hasta Golata. La bebé está cansada y me pesa, y el sendero está demasiado oscuro para seguir caminando.

—¿Quién está ahí contigo?

—Sólo estamos, yo, mi Má, y mi bebé.

Má Grande volvió a hablar en voz baja, a Má:

—¿Por qué no durmieron en Kakata, Hawah? ¿Qué hacen en el camino en medio de la noche, caminando con el diablo?

—¿Por qué salieron de Kakata, si vieron que iba a llegar la noche? —dijo Má.

Silencio. Luego se oyó una voz diferente. Me cubrí la cabeza para no oírla porque me asustaba su sonido viejo y seco, como el que hace la víbora cuando se arrastra entre las hojas muertas.

—Es la primera vez que vamos a Golata. Un hombre nos dijo que llegaríamos antes de la noche, pero tuvimos un problema en el camino.

Má Grande susurró.

—¿Qué problema? ¿Y cómo pudieron ver nuestra casa desde la otra orilla del río? ¿No es noche sin luna esta noche? No las dejes entrar.

—Se lo suplico —dijo la voz joven de mujer.

Se oyó la voz de vieja seca:

—Se lo suplico, por favor

—No, Hawah, que sigan su camino.

—Pero está lejos, Má, y está muy negro.

—No, Hawah, no lo hagas. Nos traerán problemas.

Luego hubo un largo silencio mientras Má cavilaba. Poco a poco fue llenando el silencio el sonido de la bebé: primero un gemido, luego lloriqueo, luego un llanto agudo, que cortó el sueño de Meatta como un cuchillo, y la hizo despertar en esta noche.

Yo pensé:

—¡Esa bebé está enferma, uy!

—Má, Má —Meatta repetía en voz baja sus únicas palabras.

Pero la cabeza de Má estaba tan llena que no escuchó a su bebé, y Meatta también se puso a llorar. La bebé de afuera oyó su eco, y lloró más fuerte; y Meatta hizo lo mismo. Y al sentir el tiempo detenido en la noche entre las dos bebés que lloraban, yo también me estremecí y comencé a llorar.

—¡No, Má, no lo hagas! —dije.

Má se acercó a Meatta, la arrulló, y puso su mano en mi hombro para que me sintiera otra vez tranquilo. Allá afuera, la mujer le hablaba en voz baja a su bebé, pero seguía llorando.

—Se lo suplico. La bebé está muy cansada. Sólo queremos pasar esta noche aquí. No podemos dormir afuera, por los espíritus. No somos ladrones. Créanos, por favor.

Má fue de nuevo hacia la puerta.

—¿Sólo son ustedes tres?

—Sí, ya te lo dije

Má quitó la tranca de la puerta. Temblé, esperando oír pasos precipitados, y esperando que unas manos desconocidas me atraparan. Pero solamente oí el ruido de gente que entraba en calma.

—Gracias, gracias— y sólo sentí, el aire fresco que entraba en la casa donde estaba encerrado todo el calor del día. Luego Má volvió a atrancar la puerta, y el aire caliente de nuevo se cerró sobre mí.

—Gracias, gracias.

—¿Tienen hambre? —dijo Má Grande, y se levantó. ¡Estaba enojada, uy!

—Sí —dijo Maima Kiawú—, pero no se moleste, traemos comida.

—Les prenderé el fogón —dijo Má Grande, y caminó hacia la puerta.

—No —dijo Maima Kiawú—. La comida todavía está caliente.

—¿Caliente? —preguntó Má Grande con desconfianza.

—Sí, la cocinamos en Kakata.

Má Grande saltó con esa respuesta.

—¿Salieron de Kakata con comida recién preparada? ¿Y con la noche tan cerca? ¿Y con los espíritus andando por ahí? ¿Por qué?

—Es que... nosotras...

—Dale de comer a la bebé —ordenó la voz vieja y muerta que sonó como una vara seca al quebrarse. Luego le dijo a Má Grande, con sonido de azúcar, de azúcar venenosa:

—El hombre dijo que caminando a buen paso podríamos llegar a Golata antes de la noche. Por eso envolvimos la comida y salimos sin comer.

—¿Qué hombre? Les dijo mentiras.

—Tal parece.

—Má, ¿por qué no les traes unas esteras para que duerman? —dijo mi Má, tranquila como el jefe que habla de paz. Y momentos después, Má Grande fue, a regañadientes, a hacer lo que le decía.

Mientras comían, Má les dijo:

—Tuvieron suerte de encontrarnos. La noche es peligrosa en la selva, con tantos leopardos por ahí.

—La noche es peligrosa en toda África —masculló Má Grande— ... con tanto ladrón y mala gente por ahí.

—Pero nosotras somos de fiar, porque somos cristianas —dijo la vieja—. Por eso les damos gracias y las bendecimos.

—¡Hum! —fue la respuesta de Má Grande.

Terminaron de comer y todos nos acomodamos para dormir. Pero el sueño no me encontraba. En esa casita casi dormíamos unos sobre otros, y pude oler el sudor del día en sus cuerpos, y eso me mantenía despierto. Y también el ruido que hacía la bebé, como tos de brujería.

Largos minutos pasaron. Al fin, Má Grande empezó a roncar. Otros minutos, y la respiración de Má se volvió larga y pesada. Dormían, y yo tenía miedo. De las mujeres extrañas sólo se oía el silencio. De pronto: *Frus, frus*.

Las extrañas se movían. Se acercaron. *Tsss, tsss, tsss*. Susurros de Maima Kiawú. *Tsss, tsss, tsss*, contestó el susurro seco de la vieja, y sólo pude oír las palabras: "...antes de que raye el sol..."

Luego calló el susurro.

Ahí estaba yo, acostado, acurrucado, escuchando, con los ojos cerrados en la oscuridad. Cuando los volví a abrir, ya había amanecido. ❖

Capítulo 3

❖ MÁ Y MÁ GRANDE y Meatta seguían durmiendo en sus esteras, pero algo, en esta mañana, era diferente, y me llevó un momento saber qué. Con puerta y ventana cerradas la mañana era allí dentro casi tan oscura como la noche, pero esta mañana había una luz pálida. Me volví y vi la puerta abierta, por la que se mostraba un cielo gris de amanecer. El sol iba a salir pronto. Las mujeres se habían ido.

Vi algo oscuro en un rincón, y caminé a gatas hasta ahí, rozando a Meatta al pasar, con lo que despertó. Me di cuenta de que lo que estaba ahí era la bebé extraña.

—*Urp, urp* —Meatta empezó a hacer sus ruiditos, así que la llevé cerca de la bebé extraña y las acosté una junto la otra para que jugaran, se callaran y dejaran dormir a Má y a Má Grande. Cuando Meatta vio a la bebé extraña, se calló y miró con grandes ojos a esa cosa. Era la primera vez que veía a un bebé tan de cerca, aunque había visto mujeres con sus bebés a cuestas en el camino hacia Kakata, y aunque ya se había mirado en el pequeño espejo que Má tenía colgado de la pared. Ahora reía, y alargaba el brazo para tocar a la niña extraña, como los niños tratan de atrapar las mariposas que huyen de ellos en el camino. Pero la bebé extraña no estaba contenta, y se puso a llorar de nuevo.

Oí suspirar a Má Grande, con el mismo suspiro de cada mañana antes de empezar el día, y me pregunté cómo sería estar viejo y suspirar cada mañana. Luego Má se volteó y sus ojos se abrieron y me miraron.

—Buenos días, Momo.

—Buenos días, Má.

—¿Dónde están las mujeres?

—No sé.

—¿No dijeron a dónde iban?

—Ya no estaban cuando desperté.

—¡Hum! —dijo Má Grande. Y se dio otra vuelta y se levantó—. ¿No podían dar las gracias?

—Van a volver —dije yo— porque dejaron aquí a la bebé.

Má se levantó, estirándose, y caminó hasta la puerta. Miró afuera

—No están en el río. ¿Dónde habrán ido?

—¿A Golata? —sugerí yo.

—¿Sin la bebé? ¡Hum!

Má Grande gruñó, tomó su estera y la enrolló. Luego salió a revivir el fuego que dormía debajo de las cenizas.

—Momo, trae agua para el arroz.

Llevé el cubo al río y lo llené de agua, esa agua de aquí que salía tan dulce en las frescas mañanas de la época de secas, al despertar al cabo de la noche. Sí, aunque no lo puedan creer, hubo un tiempo en que bebíamos el agua de este río. No, ustedes ya no la beben, porque hay demasiada gente, y muchos usan el río como desagüe. Y ahora los mandingos han llegado también, a cavar el río para buscar diamantes, y a llenarlo de lodo. No son mala gente, los mandingos, pero son viajeros. No viven aquí, y no les importa el lugar a muchos de ellos. De tiempo en tiempo se oye a nuestros buenos cristianos injuriarlos y llamarlos paganos, porque son musulmanes, y tienen creencias algo diferentes. Pero, ¿qué se puede pensar de buenos cristianos como éstos?

Para volver a mi historia, llevé el cubo de agua dulce del río a Má Grande hasta el fogón. Oía la bebé extraña dentro de la casa, acostada junto a Meatta, llorar y llorar y llorar. Y como si el llanto fuera una enfermedad, Meatta también la cogió, y se echó a llorar. Entonces la bebé extraña empezó como a atragantarse.

—¡Qué pareja, para tan temprano! —dijo Má saliendo de la casa—. Son bonitas, eso sí, ¡pero cuando quieren cómo gritan!

Má Grande, que estaba lavando el arroz, le contestó:

—Más vale que esas mujeres vengan pronto. La bebé tiene hambre.

Má rió y dijo:

—Y yo no tengo bastante leche en estos pechos para dos bebés así de grandes.

Má tenía pechos grandes, que colgaban hasta su ombligo. Recuerdo que yo pensaba que ahí debía haber suficiente leche como para diez gordos bebés.

—Momo —dijo Má Grande—, ve a ver cuánto arroz hay en la olla de las mujeres. Lo pondré a calentar aquí para cuando vuelvan.

Entré a la casa y busqué en donde habían dormido las mujeres, pero no había nada.

—La olla no está aquí.

—¿No está?

—No hay nada aquí.

Silencio. Volví a salir, y vi a Má dar media vuelta y regresar desde el río, donde iba a darse un baño. Su cara estaba toda tensa. Miré a Má Grande. Su rostro también estaba tenso, vuelto hacia arriba.

—¿Nada? ¿estás seguro?

—Sólo la bebé —dije, mientras ponía en su lugar un leño que había caído del fuego. ¿Por qué Má estaba tan seria de pronto? ¿Y por qué Má Grande se había quedado inmóvil junto al fuego, mientras la leña se salía por todos lados?

—Dejaron solamente a la bebé.

Má Grande olió el aire. Miró hacia la casa. Sus ojos siempre estaban cerrados por la ceguera, nada más se veían dos ranuras rojas entre sus párpados, pero ahora era como si estuviera espiando algo. Lentamente, como si midiera cada palabra, dijo:

—Hawah, ¿qué tiene esa bebé?

Má salió corriendo hacia la casa como una piedra de la honda. Regresó con la bebé extraña, alzándola a la luz del sol, para verla mejor; ella lloraba desesperada y agitaba los brazos. Yo no entendía lo que estaba pasando, pero supuse, por los ojos de Má mientras examinaba a la bebé, y por la expresión del rostro de Má Grande en cuclillas junto al fuego, que era algo malo. De pronto, Má se quedó sin aliento, y su cara se torció. Yo me acerqué para ver qué había visto, pero ella alejó bruscamente a la bebé.

—¡No te acerques, es viruela!

Antes de quedarse sin respiración, Má Grande cayó en tierra dando de gritos, agitando y golpeando piernas y brazos como un pez fuera del agua.

Pequeño, ¿te acuerdas de aquella mujer que también se revolcaba así cuando le trajeron del río a su hijo ahogado? Así estaba Má Grande: gritando

largo y fuerte, y golpeando el suelo, mientras la selva alrededor y el sol naciente la miraban, inmóviles. Má, de pie, quedó como de piedra, y hasta la bebé extraña se quedó callada en sus brazos, mirando.

—¡Dámela! —gritó Má Grande como el leopardo en la noche—. ¡Dámela! La dejaré en la selva para que se la coman los leopardos. O la llevaré río abajo muy lejos y se la entregaré a Mamá Agua.

Pero Má miró a la bebé, que ahora golpeaba con su manita sus grandes pechos, buscando el pezón y la leche, y dijo, temblando como si tuviera paludismo:

—No.

—¿Qué?

—No.

Cayó el silencio sobre ella. El viento sopló a nuestro alrededor, levantando el polvo y haciendo gotear ruidosamente el rocío de los árboles.

Finalmente Má Grande, llena de dureza y frialdad, preguntó:

—¿Por qué? ¿Qué piensas hacer de ella?

—No lo sé.

—Entonces, dámela —le gritó esta vez Má Grande, al tiempo que trataba de apoderarse de la bebé—. ¡Yo sí sé qué hacer con ella, y tú también deberías saberlo!

—No podemos abandonarla y dejarla morir.

—Entonces la mataremos, y le haremos una caridad.

—¡No! —dijo Má, protegiendo a la niña con su cuerpo para que Má Grande no la alcanzara.

—¿Estás loca? ¿No sabes lo que es la viruela? ¿No te lo he repetido bastante?

De pronto, se volvió hacia mí y me cogió por los hombros, y otra vez me pregunté cómo me podía encontrar en su ceguera. Era la primera vez que veía su rostro tan de cerca, y me pareció que nunca antes lo había visto, porque descubrí toda su fealdad y deterioro.

—Escúchame, Momo, y dile a tu Má lo que te voy a explicar. ¿Ves estos ojos ciegos? Alguna vez estuvieron sanos como los tuyos, pero la viruela llegó y los plagó, y los vació del agua que había dentro de ellos. ¿Ves esta cacaraña en todo mi cuerpo y en mi cara? Fue la viruela la que los llenó de agujeros. Estaba cubierta de llagas que me ardían y me picaban y me comían todo el cuerpo, cada centímetro de mi piel. ¡Eso era la viruela!

Luego se volvió de nuevo hacia Má:

—¿Estás loca? ¡Es la viruela!

—¡Pronto! —dijo Má—. Llévate de aquí a Momo y a Meatta, y llévalos al pueblo con Musu.

—¿Y tú qué harás?

—Yo me quedo aquí con esta bebé.

—¡Qué!

Miré a Má Grande, esa mujer fuerte que estaba ahí, frente a Má. Su pelo gris y reseco, sin peinar, que le rodeaba la cara huesuda, se veía como lana de borrego cruda. Los músculos detrás de sus párpados se movían como puños, como si estuviera tratando de ver otra vez.

—¿Por qué? —repitió al fin.

Volteé ahora a mirar a Má. Y les juro mis niños, que todavía esta noche en que estamos aquí juntos, no se me ha borrado su imagen de la mente. Demasiado hermosa. Ahí estaba, recta, fuerte, la cabeza en alto y el bebé en su pecho.

Junto a ella, toda África parecía pequeña.

—Má —dijo—, nunca podrás saberlo. Nunca conociste el libro.

—¡El libro! —Má Grande escupió.

—Sí, despréciame. Pá me mandó a la escuela. Tú también. ¿Qué pensaban que haría allí? Leí, y aprendí. Me hicieron diferente. Soy diferente. Diferente de ti, de Pá. Ya no sé qué está bien y qué está mal. Sólo sé que no puedo matar a esta bebé.

—¡Mátala antes de que te mate a ti!

—No puedo.

—¿Y si fuera una víbora?

—Pero es una bebé. Sólo una bebé, tan pequeña y tan pobre, y sin culpa.

—Trae la muerte, igual que la víbora.

—¿Crees que podría matar a Meatta, o a Momo?

—Si guardas a esa bebé, los matarás a ellos.

El silencio volvió a caer sobre nosotros, como una roca. El bebé extraño seguía jalando y golpeando el pecho de Má. Má Grande se veía tan vieja como la tierra. Sacudió la cabeza, luego se volvió hacia los árboles y el río, y dijo:

—No entiendo nada.

—Sí, lo sé —esas tres palabras cayeron de Má como algodón flotando en el aire. El río empezó a correr más rápido y los pájaros cantaron más fuerte. Finalmente, Má se volvió hacia mí, y dijo—: Momo, ¡rápido!, ve a juntar la ropa

tuya y de Meatta. Van a ir con Má Grande a quedarse con la tía en Kakata.¡Apú-
rate!

Tras toda esta confusión de gritos y silencio, al fin algo se me hizo claro.
Iba a ir al pueblo. Hacía mucho que no iba yo allá, así que me puse muy contento
porque vería otra vez a mis amigos. Corrí a empacar, y pronto estuve de nuevo
afuera, porque no había gran cosa que llevarse. Má Grande se quedó sentada
sobre una piedra de moler, con el rostro vuelto hacia el río, y Má de pie, mirándola
y arrullando a la bebé extraña contra su pecho.

Má Grande dijo llanamente:

—¿Cómo voy a volver del pueblo?

—Puedes quedarte allá. Yo me las arreglaré sola. Pídele a Musu que traiga
a Momo y a Meatta todos los días hasta la otra orilla del río, y podremos platicar
de un lado a otro. Cuando este bebé vuelva a estar sano, podrán volver a casa todos
otra vez.

—¿Y a ti quién te va a cuidar cuando te dé la viruela?

Má no respondió.

—No, Hawah. Musu puede traerme de regreso. Yo me ocuparé de ti. La
viruela ya acabó su trabajo conmigo, ya no me hará nada. Momo, dame tu mano,
ahora vámonos.

Mientras guiaba a Má Grande para cruzar el puente colgante, me volví para
ver a Má, pero no pudo verme, porque tenía el rostro cubierto con la mano, y
estaba llorando, con el bebé todavía en brazos.

—Camina —me dijo Má Grande—. El día no es tan largo como una
semana.

Capítulo 4

❖ DURANTE LA JORNADA hasta el pueblo, yo cuidaba a Má Grande, y ella me cuidaba a mí, y ambos cuidábamos a Meatta. Apenas Má Grande hubo cruzado el río, el enojo de su corazón se acabó. Ahora contaba historias, algunas viejas, otras de risa, y cantaba canciones que conocía desde que era niña.

De pronto, se detenía y decía:

—¿Huelen ese perfume? Busquen una enredadera que crece en las hierbas bajas, con grandes flores blancas entre sus hojas.

También se ponía a escuchar el canto de los pájaros, y extendía la mano hacia donde estaba el pájaro, diciendo:

—¿Ven a ese pájaro con el cuerpo azul y amarillo y el pico rojo? Canta así: *"tiii-uiuiii"* —sus ojos eran apenas dos ranuras rojas, pero su memoria era su vista.

Cuando llegamos a las afueras de la ciudad, oímos a la tía Musu, pero no la podíamos alcanzar a ver aún. Había aprendido el libro desde chica, y ahora era una mujer importante en el pueblo, y como muchas otras mujeres importantes, era demasiado gorda. ¡Y con una voz muy fuerte, que si lo sería!

Les decía a dos niños cómo cortar la yerba con machetes.

—Corten, corten, corten, giren y corten. Eh, tú, muchacho, ¡Gira! ¡Corta!

Cuando nos vio llegar, su boca chiquita se le abrió de par en par, y luego se volvió a cerrar como una almeja, como los niños cuando dicen una mentira y se ponen nerviosos.

—Má, ¿qué noticias trae?

—Nada bueno, por desgracia —dijo Má Grande, con un suspiro de vieja.

—¿Dónde está Hawah, Má? ¿Por qué traes a Meatta y a Momo y no está Hawah?

—Espera un momento. Déjame sentarme.

Má Grande alargó el brazo, y tía Musu la llevó hasta una silla.

—¿Qué cosa te pasa, Musu?, brincoteas como una mosca atrapada en la tela de una araña.

—Nada, Má, no me pasa nada.

Pero cualquiera, hasta un niño chico como yo, podía darse cuenta de que a la tía algo le pasaba. No paraba de hablar:

—¿Dónde está Hawah? ¿Dices que traes malas noticias?

Má Grande contó toda la historia. Y su enojo le volvió todo; cuando habló de las mujeres que habían dejado a la bebé, siseaba como una serpiente. Y berreaba como vaca parturienta cuando dijo que Má decidió quedarse con ella.

Para cuando terminó de hablar, medio pueblo se había juntado a nuestro alrededor para escuchar la historia. Meatta se asustó con tanta gente y se puso a llorar. La gente que teníamos cerca volteó hacia ella, también asustados, luego me vieron a mí, y se alejaron de nosotros.

—¿Pero por qué se quedó Hawah con la bebé? —preguntó tía Musu con una voz que temblaba como los huevos gelatinosos que pone la rana, y sus ojos se abrían grandes, como huevos de pata—. ¿Por qué no se deshizo de ella?

—Dijo que era por el libro.

—No lo entiendo.

—¡Pues ya somos dos! Pero eso fue lo que dijo. Musu, ahora debes llevarme de regreso. No quiero dejarla mucho tiempo sola.

—¡Pero yo no puedo ir allá! —exclamó la tía, y dio un paso hacia atrás—. Quiero decir... ¡Má, hay cuarentena aquí! Todos en Kakata conocen a esas mujeres. Ayer por la noche las expulsamos del pueblo.

Má Grande empezó a levantarse de la silla, pero se sentó de golpe, como si alguien la hubiera empujado hacia atrás. Luego, lentamente, enojada, dijo:

—¿Las echaron del pueblo? ¿Hacia donde estábamos nosotros? ¿No vieron qué camino tomaban? ¿Por qué no vino nadie a avisarnos?

Tía Musu se quedó ahí, muda, balanceando su gordura de un pie a otro. Entonces intervino la mujer del pastor, la señora Gbalí, y tía Musu la miró con aire agradecido. La señora Gbalí era tal vez la mujer de más importancia en todo Kakata en aquellos tiempos. Ella y el reverendo habían estado en Europa y hasta en Estados Unidos, y el mismo presidente los había invitado a cenar en su residencia.

—Sólo queríamos deshacernos de ellas... —le dijo a Má Grande, con esas hermosas palabras con que hablaba, ¿saben? — ...que se fueran del pueblo. No pensamos a dónde irían después de eso.

Tía Musu miró con aire de súplica a Má Grande. Pero ella, claro está, no podía verla.

—Llévame a casa, Musu.

—Pero es que... ¡si voy allá, no me dejarán regresar al pueblo! ¡La granja está en cuarentena ahora!

—Solamente llévame hasta el río —dijo secamente Má Grande, gruñendo como un perro que defiende su carne.

—Me puedes dejar allí. Hawah se quedará del otro lado; tú podrás irte y Hawah vendrá a buscarme; tú no llegarás hasta la viruela; no vas a romper la cuarentena. ¿No le parece bien así señora don reverendo Gbalí?

La señora Gbalí demostró lo poco que le gustaba que la llamaran de esta manera, pero por respeto a su edad, le respondió:

—Sí, Má Grande, si Musu se queda de este lado y Hawah del otro, todos estaremos seguros.

El rostro de tía Musu se llenó de infelicidad. Pero al fin, aceptó acompañarla.

Má Grande me llamó:

—¡Momo!

En medio de tanta gente, ya no sabía dónde había quedado yo.

—Aquí estoy.

—Tú y Meatta se van a quedar aquí en el pueblo con su tía Musu. La van a ayudar. Si les dice que tienen que hacer algo, le van a obedecer, y la van a respetar en todo.

Luego Má Grande y tía Musu echaron a andar. Nos dejaron a Meatta y a mí en el pueblo. Tía Musu no dejaba de echar miradas hacia atrás.

Corrí a buscar a mis amigos de otras veces. Pero cuando los encontré, me entró algo de timidez, porque no los había visto en mucho tiempo.

Estaban jugando a la pelota. Al poco rato, ya estaba a punto de jugar con ellos cuando interrumpió el juego una mujer joven, dando traspiés de forma muy cómica. Nos reímos de ella porque nos dimos cuenta de que olía a jugo de caña, y que estaba muy borracha. Unos niños le gritaron, y cuando se volvió, corrieron haciendo gran bulla; todos los demás se rieron más fuerte aún. Entonces cogió una piedra para tirársela a un niño que le hacía la cantaleta y la llamaba "Mamá Jugo de Caña", pero estaba demasiado borracha como para atinar. Sólo que ahora le había dado una idea a los niños, que le contestaron tirándole piedras pequeñitas y palos pequeñitos, riendo siempre, aunque ya no era cosa de risa. No le fue bien a la mujer por tratar de hacerles frente.

Entonces aparecieron las mamás que se acercaron a ver de dónde venía tanto alboroto, y cuando vieron a la mujer empezaron a decirle cosas feas, pero sin risas. Una de ellas trajo una escoba de paja y le dio duro con ella en la cabeza y en los hombros.

—¡Aléjate de mi niño!, ¡fuera de aquí!

—¿No te hemos dicho que te vayas lejos de Kakata?

La mujer ebria miró a su alrededor asustada, y también confundida, y luego salió del pueblo como vino, corriendo y dando traspiés, hacia Golata. Pero con las mujeres tras ella, se levantaba y volvía a echar a correr, de puro de miedo. Los niños habían vuelto a sus juegos; ahora eran luchas. Y yo me uní otra vez a ellos, dejando a Meatta jugar debajo de un naranjo. A poco estaba yo jugando con todas mis ganas, sintiendo de nuevo el calor de la amistad, cuando volvieron las mujeres. Y jalaron a sus hijos del montón de brazos, piernas y cuerpos en que estábamos trenzados, dejándome a mí solito en el suelo. Mientras veía cómo los regañaban:

—¿No te he dicho que te alejes de ellos?

—¡Tú, sí, tú! —me gritó una mujer—. Toma a tu hermana y regresa a la casa de tu tía. Y no vuelvas a salir de ahí.

Así que me llevé a Meatta y me quedé esperando adentro de la casa, perplejo. De pronto el día parecía demasiado largo. Los niños estaban ya jugando otra vez, al "viejo pordiosero" ahora; se divertían, bailaban, tocaban música, y le pedían dinero a los que se detenían a mirarlos. Y yo y Meatta teníamos que quedarnos dentro, solos. ¿Por qué?

Al fin volvió tía Musu, pero antes de entrar, la mujer que me gritó la detuvo, hablando precipitadamente, y agitando los brazos, con una mirada espantada. Tía Musu discutía con ella. Otras mujeres se acercaron a ellas, todas hablando a la vez, y algunas señalando la casa.

Yo tenía miedo, y pensé que había hecho algo muy malo. Estaba a punto de tomar a Meatta y salir corriendo hacia la granja, cuando de pronto toda esa gente se dispersó, y tía Musu se separó de ellas y vino hacia mí, meneando la cabeza.

—Momo —dijo—, no puedes quedarte aquí. La gente teme que tengas la viruela. Tengo que llevarte de nuevo con Má.

¡Por Dios que estaba yo contento!

—¡Váyanse ya, ahora mismo! —gritaban las mujeres.

Así pues, nos fuimos en ese momento. Yo cargaba a Meatta. Las mujeres nos siguieron, pero a distancia, sin dejar de gritarnos. Cuando pasábamos cerca de alguna granja, los hombres que trabajaban en ella nos veían y se acercaban para averiguar la causa del bullicio. La tía caminaba más aprisa. Se mantenía lejos de Meatta y de mí, y no me ayudaba con Meatta. Yo tuve que cargarla todo el camino, y estaba bien cansado. Aun cuando las mujeres dejaron de seguirnos, tía Musu seguía volteando en dirección del pueblo y hablaba sola; era como los pollos gordos, que cuando se los ahuyenta, no saben para dónde correr.

Ya era cerca del anochecer cuando llegamos al río. La tía gritó:

—¡Má, Hawah!

—Má y Má Grande lle-

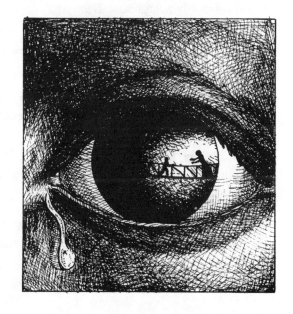

garon corriendo desde atrás de la casa. Má Grande iba cargando a la bebé extraña. Má rió cuando nos vio, y gritó:

—¡Momo, Meatta!

Pero de pronto se puso seria:

—Musu, ¿por qué los trajiste aquí?

Tía Musu exclamó:

—La gente no quiere que se queden en el pueblo por miedo de que la viruela ya los haya atrapado. Hawah, ¿por qué no dejas a esa bebé?

Má dijo algo, pero el sonido de sus palabras no llegó hasta el otro lado. Tía Musu esperó un poco, y luego continuó.

—Los voy a dejar aquí. Debo irme, o si no me alcanzará la noche en el camino. Vendré mañana, ¿sí?

Y se fue. Má cruzó el puente colgante con cara de preocupación, y tomó a Meatta de mis brazos. Nunca me dejaba cargar a Meatta por el puente, por miedo a que me cayera con ella. Yo estaba contento de que me la quitaran, porque estaba cansado de cargarla. Pero cuando traté de darle la mano a Má, se echó para atrás bruscamente.

—¡No, no te me acerques!

Nunca antes me había dicho semejantes palabras.

—Después de que cruces, tienes que lavarte y lavar a Meatta muy bien. puede que yo esté cubierta de viruela.

Y así fue como empezaron los malos tiempos. ❖

Capítulo 5

❖ ¿Y QUÉ, PEQUEÑITO, duermes? ¿Aún no? Tráenos co-cola, ¿sí? La compartiremos, y yo seguiré mi historia.

Aquella noche, Má nos puso a Meatta y a mí debajo de una ventana, y en un medio círculo a nuestro derredor, hizo una gran fogata. Fue la primera noche que recuerdo en que dormimos con los postigos abiertos. Má Grande tenía miedo y protestó; decía que seguramente el espíritu entraría y nos atacaría. Má le contestó que era mejor arriesgarse con el espíritu que con la viruela; debíamos dejar la ventana abierta para que el humo saliera, y tener fuego para alejar a la viruela; el espíritu no entraría a donde había tanta luz, y además ella se quedaría despierta toda la noche para que el espíritu no entrara.

Entonces yo empecé a tener miedo, y no pude dormir más que a ratos por temor a que el espíritu viniera a buscarme, deslizándose en el aire por la

ventana abierta, o a que la viruela saltara por encima del fuego para atacarme. Recuerdo que en mi mente había imágenes de una criatura gritando, parecida a un chango pero con garras y colmillos bien afilados, que vendría por mí y por Meatta para escarbarnos la cara igual que a Má Grande. Me quedé dormido en medio de estas visiones.

De tiempo en tiempo, cada vez que Má ponía más leña en el fuego, yo despertaba sobresaltado y llorando, pensando que la viruela me había atrapado. Pero entonces Má me sonreía, con su ternura, y yo me volvía a acostar. El fuego ardía con un resplandor fuerte, y el humo hacía que me picaran los ojos. Una ocasión me desperté y vi a Má con la bebé extraña en los brazos, que lloraba, hasta que Má le dio el pecho. Y luego empezó a cantar en voz baja:

Esta bebé enferma, pobrecita enferma,
Momo y Meatta aquí,
y la mala viruela por doquier.
la viruela, no la puedes ver
la viruela , no la puedes sentir
la viruela, no la puedes oler
flota en el aire que Momo respira;
nada en el agua que bebe Meatta;
viruela, dime dónde estás...
No vengas aquí, no vengas aquí...
Esta bebé enferma, pobrecita enferma...

Así fue como supe por qué todo el mundo le tenía tanto miedo a esta viruela. ¿Cómo luchar contra ella, si no se le puede ver? ¿Qué se puede hacer? Y me volví a dormir con más miedo en mí.

Al día siguiente, Má nos puso a Meatta y a mí en el río cuando el cielo todavía estaba gris.

—Lava a tu hermana, y usa mucho mucho jabón. Debes lavar tu cara y también la suya tres y cuatro veces.

Má también se lavó. Se limpió los pechos una y otra vez, haciendo gran cantidad de espuma que se iba flotando por el agua, y al final se enjuagó y se puso a darle pecho a Meatta.

—¿Ves, Momo? Como la bebé enferma come del mismo lugar, tengo que estar segura de que está bien limpio para que el mal no atrape a Meatta.

—Má, ¿por qué es mala esa bebé?

Má dejó de mirar a Meatta y se volvió hacia mí. Al moverse, su pecho escapó de la boca de Meatta, y lentamente la volvió a acomodar y le acarició la cabeza a Meatta.

—Esa bebé no es mala, está enferma. Pero pronto estará bien otra vez, y verás que es buena.

—¿Entonces por qué la odia tanto la gente del pueblo? Las echaron de allá a ella y a su má, y ayer también nos echaron a Meatta y a mí.

—No quieren enfermarse ellos también. Igual que yo no quiero que tú te enfermes, y por eso hoy voy a construir un nuevo cuarto para ti y para Meatta, para que no estén cerca de la bebé enferma. Pero cuando vuelva a estar sana, vamos a vivir todos juntos otra vez, y ustedes tendrán una nueva hermanita.

Veamos, tenemos que pensar en un nombre para ella. ¿Por qué no Seatta, hermana de Meatta?

—Si la bebé está enferma, ¿por qué no la abandonas, como dicen Má Grande y tía Musu, y nosotros no correremos peligro?

Má me miró un momento, y luego sus ojos se alzaron hacia Álamo Pá Grande, un árbol que ya era muy viejo cuando Má Grande era tan sólo una niña. Ya no se encuentran esos árboles, a menos que uno se adentre en la selva, pero el álamo africano es el árbol más grande del mundo, más grande incluso que la mansión del presidente. El que les cuento estaba ahí mismo, del otro lado del río. Si veinte hombres se ponían en círculo alrededor del árbol, no llegaban a tomarse

de las manos, de tan ancho que era. En su parte más baja, para poder mantenerse en equilibrio, le salían unas como rodillas, cubiertas por pequeños bosques de arbustos, que crecían encima del viejo Álamo Pá Grande igual que crece el musgo encima del pan. Entre estos arbustos había una palmera, que quería ser alta, pero al lado de Álamo Pá Grande, no era más que un bebé. Su largo tronco blanco subía directo hacia el cielo, hasta una altura como de cuatro casas, y luego las primeras ramas se desprendían de él; dos ramas gemelas, paralelas al suelo, y cada una era tan grande como un árbol grande. Estas ramas grandotas formaban como una cuna, y allí se juntaba tierra, y otras plantas crecían dentro de aquella cuna como un jardín que flotaba en el aire, con sus helechos y sus enredaderas que se escurrían por el gran tronco del álamo. Pero por muy abajo que colgaran o por muy alto que se alzaran los arbustos, siempre el tronco gigante sobresalía, como un gran torso blanco. Por encima de las primeras ramas grandes, a una distancia de un hombre alto, salían pequeñas ramas gemelas con dedos gemelos que parecía que iban a golpear el cielo. Y más arriba, aún más ramas gemelas. Nunca vi la cima de Álamo Pá Grande, hasta el día en que lo cortaron. Era un buen amigo. Pero cuando hicieron más ancho el camino de a pie para que pasaran autos, le tuvieron miedo a Álamo Pá Grande y lo tiraron.

Cuando el viento soplaba entre sus ramas y mecía los helechos, salía de él como un suspiro, igual que el de Má Grande por las mañanas. Y Má suspiró junto con él, y al fin me contestó:

—Cuando tú eras un bebé más pequeñito que esta niña, tú también te enfermaste, y yo no te abandoné. Y me alegra no haberlo hecho. ¿No te alegra a ti también?

Se escuchó la voz de tía Musu del otro lado del río:

—Hawah, ¿qué hay de nuevo?

—Nada nuevo, ¡já! —gritó Má, y luego echó a reír.

Se reía porque, imagínense, las novedades eran todas demasiado extrañas. Pero así reza el saludo. Volvió a decir:

—Hay muchas nuevas, Musu, y todas malas.

—Te traje arroz y nueces de palma. Lo dejaré aquí para que lo recojas cuando me vaya. ¿En qué puedo ayudarte?

—En nada, Musu. A menos que nos hicieras el favor de traernos comida preparada esta tarde. Voy a estar muy ocupada hoy construyendo un cuartito para que duerman Momo y Meatta por la noche, porque no puedo tenerlos en casa con la bebé enferma.

—¡Claro que sí! —exclamó tía Musu, con su rostro y su voz llenos de emoción—. Te traeré comida sin falta, y algo más. Ya verás qué.

Y corrió hacia el pueblo, con su gordura rebotando,¡flopiti, flop! Má no pudo mas que reírse ante el espectáculo, con una risa franca y sonora. Y yo también me reía porque era realmente divertido ver a tía Musu así.

—¿Por qué te ríes? —Má Grande quería saber.

—¡Ay Má, ahora sí te hacen falta tus ojos para ver! —le dijo mi Má, secándose las lágrimas que le había sacado la risa.

—...Es la primera vez que veo a la gorda de Musu correr desde que era niña. ¿Verdad que daba risa, eh, Momo? Era como una vaca en una carrera de caballos. ¡Flopiti, flop!

Con esas palabras, Má Grande también se echó a reír. Y la maleza se sacudió de risa, el sonido rebotó en los árboles, y el mundo nos pareció bueno otra vez, y no nos acordamos de la viruela, por ese corto rato.

La gente del pueblo fue muy buena ese día. Muchos de ellos llegaron menos de una hora después, llevando unos troncos de árboles, y de *piussava*, y palmas. Le sacaron punta a los troncos para que los pudiéramos enterrar fácilmente en el suelo; partieron en dos el *piussava* —que algunos llaman bambú— para sacar largas varas delgadas. Y lo llevaron hasta el río, pero no quisieron cruzar al otro lado, así que Má Grande, Má y yo acarreamos los troncos y las palmas hasta la casa por el puente colgante. Mientras tanto, los hombres hicieron un hoyo en la tierra, lo llenaron de agua e hicieron lodo, que luego pusieron en hojas de plátano para que lo pudiéramos llevar de una orilla a otra. Al fin, se volvieron a sus granjas a trabajar.

Trabajaron mucho para nosotros ese día. Si nosotros solos hubiéramos tenido que cortar los troncos, limpiarlos y sacarles punta, e ir a recoger *piussava* y paja, y preparar lodo, nos hubiera llevado muchos días terminar el cuarto.

En nuestra orilla, también trabajamos duro. Enterrábamos los palos en la tierra de forma que quedaran todos a igual altura, como la altura de mi cuerpo encima de los hombros de Má; los pusimos en un semicírculo pegado a la casa, dejando un espacio para la puerta; luego entretejimos largas varas de bambú con los troncos que estaban plantados en la tierra, y los amarramos con cuerdas hechas de corteza de árbol. Trajimos más ramas para hacer el techo. Las unimos con el techo de la casa y las entretejimos también con varas de *piussava*. Con eso quedó listo el esqueleto del cuarto; los huesos de la pared y del techo esperaban la piel de lodo y el cabello de palma.

Má decía, con la respiración entrecortada:

—Esto es trabajo de hombres. Nosotras no lo sabemos hacer, y seguramente se nos va a derrumbar todo.

—Cuando muerde la víbora, el hombre muere. Y no tenemos hombre hoy día —dijo Má Grande.

—Vamos a descansar —dijo Má—. Pero no mucho, ojalá podamos terminar antes de que se ponga el sol.

Mientras yo descansaba, Má le dio de comer a las bebés, y Má Grande, que nunca podía estar sosiega, hizo varios viajes al río para traer de allí hojas de plátano llenas de lodo. Luego todos volvimos a la tarea. Empezamos por rellenar con lodo la cuadrícula formada por las ramas gruesas y las varas de piussava. Nos llevó mucho trabajo y mucho tiempo. Yo trabajaba en la parte de abajo, porque era chiquito, Má hacía la parte alta, porque era la más alta; y finalmente Má Grande hacía la parte de en medio. Pensé que se me iba a romper la espalda de cansancio, pero cuando apenas el sol empezaba a ponerse, terminamos, y yo tenía todavía la espalda entera. Para pasar la noche sólo aventamos la palma sobre el techo; la acomodaríamos al día siguiente

Cuando terminamos, miramos nuestra obra, y en verdad que era fea. Pero la habían construido una mujer que criaba a dos bebés, una abuela ciega, y un pequeñuelo. Yo por mi parte me sentía más que orgulloso y feliz de poder dormir dentro de algo que yo mismo había construido.

Todo el día, Má cuidó a las dos bebés, una dentro de la casa, y la otra afuera en la sombra . Las dos lloraban a cada rato, y Má tuvo que darles de comer y lavarse los pechos, y volverles a dar de comer. Para entonces, los grandes nos dimos cuenta de que teníamos hambre también. Má Grande fue a avivar el fuego en el fogón, con su cansancio a cuestas, y en ese momento oímos ruido en la otra orilla. Ahí estaba tía Musu con otras tres mujeres, llevando montones de hojas de plátano. Má Grande le gritó:

—Oye, Musu, ¿ganó la carrera la vaca?

—¿De qué hablas? —respondió tía Musu con otro grito. Cuando al fin entendió, dejó aparecer una gran sonrisa de dientes blancos.

—No, vaca no, solamente una vieja ternera gorda.

Y se puso a bailar para nosotros. *Flopiti-flop*. Luego, junto con sus tres mujeres, tomó rápido el camino de vuelta al pueblo, porque se hacía de noche y no era hora para andar por la selva.

Má cruzó el puente y volvió con las hojas de plátano, que encontró llenas de comida: arroz, pollo hervido, manteca de palma, y verduras. ¡No dejamos nada! ❖

Capítulo 6

❖ CUATRO, O TAL VEZ cinco días después, Meatta cogió fiebre. Todo el día Má o Má Grande le pasaban un trapo mojado por la piel, exprimiéndolo a veces encima de ella para que el agua fresca corriera por su cuerpo acalorado, y entonces Meatta temblaba y se estremecía y se ponía a llorar. Má Grande y Má la cuidaban, pero no me dejaban acercarme. Y aunque Má decía que la bebé extraña, Seatta, estaba mejorando, tampoco podía ir a jugar con ella todavía. Así que iba de aquí para allá, solo.

De tiempo en tiempo, la gente venía a preguntar desde la otra orilla cómo iba todo. Por lo general nos traían algo de comida. Ese día, cuando vino Musu, trajo leche en polvo para las bebés.

—Mandé traerla de Monrovia —gritó—. ¿Cómo está la nueva bebé?

—Seatta está mejorando —contestó Má—. Pero ahora Meatta está enferma.

—¡No, no es posible! ¡Dios Mío, Ay Jesús! ¿Es viruela?

—No lo sé. Puede ser. Má dice que así empieza, con fiebre.

—¡Jesús, ten piedad! ¿No habrá algo que la detenga, ahora que la enfermedad está joven aún?

—No lo sé. El libro dice nada más que debo poner alcohol en las llagas, que es lo que he estado haciendo con Seatta, echándole jugo de caña. Pero con Meatta no hay llagas aún, sólo fiebre.

Y siguieron hablando, hasta que finalmente tía Musu se acordó de mí, y dijo:

—¡Momo!, mira lo que te traje —tenía en la mano una pequeña pelota de goma, y la lanzó hacia mí—. Vino desde Monrovia, o sea que es muy fina. Ahora tienes con que jugar y no te acerques a esas bebés.

Aquella noche dormí solo, porque se llevaron a Meatta dentro de la casa. No dormí bien. Por momentos el cuarto se ponía tan caluroso que no podía soportar ningún cobertor sobre mi cuerpo, y de pronto se llenaba de frío y entonces los cobertores no alcanzaban a darme ni un poquito de calor. Toda la noche tuve miedo. Los ruidos se oían demasiado fuertes. Afuera, las ramas que tronaban me cortaban el sueño como un cuchillo. Luego los mosquitos empezaron a cantarme al oído para impedirme dormir, y cuando alguno se posaba en mí, pesaba tanto como un escarabajo, y yo brincaba espantado. En un momento, al brincar así, me raspé la espalda, y fue tanto el dolor que me puse a llorar y deseé con todas mis fuerzas que llegara el nuevo día.

Al fin, la última vez que desperté, pude sentir la mañana. Me puse de pie pero apenas y me sostenían las piernas, como los árboles de caucho jóvenes que no pueden sostener el peso de sus hojas en la tormenta y se doblan hasta el piso. Salí del cuarto y caminé hasta la puerta de la casa, dando traspiés como un borracho.

—Má... Má —dije en un susurro.

En ese momento círculos negros empezaron a flotar en el fondo de mis ojos, y sentí que me caía.

No puedo recordar mucho de lo que pasó los días siguientes, pero de alguna manera me parecieron más largos que años, y sin embargo más breves que segundos. Estuvieron llenos de demonios que me jaloneaban y de Má sentada

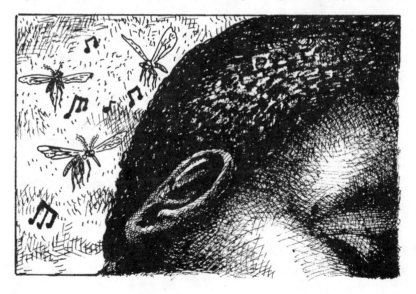

junto a mí, sonriendo con fuerza y ternura para ahuyentar a los demonios, que a veces se iban por un rato.

Finalmente, un día se acabó. Lo recuerdo... aunque mis ojos estaban cerrados, podía ver la luz sobre ellos que iba y venía y revoloteaba como mariposas de colores que se persiguen entre sí por las brechas en la selva tupida, donde casi no penetra el sol. Con esa luz, los demonios se fueron. Supe, antes de abrir los ojos, que era de mañana y que yo estaba cerca del agua, y la oía correr a mi lado. Al abrir los ojos, vi las ramas de Álamo Pá Grande extendiéndose allá arriba, con tanta fuerza otra vez, y con todos sus helechos y trepadoras meciéndose al viento, dejando que el sol tocara una y otra vez mi rostro, y luego cubriéndolo de nuevo suavemente como nubes de algodón en un día brillante.

—¿Te sientes bien ahora, verdad?

Por la voz pensé que era Má Grande la que estaba a mi lado, pero cuando volteé me di cuenta de que era Má. Se veía igual que siempre, con su sonrisa y sus ojos brillantes. ¿Pero por qué sonaba tan vieja su voz en mis oídos?

—Estuviste muy, muy enfermo, pero ahora estás bien otra vez. ¿Puedes recordar cuánto tiempo estuviste enfermo?

Meneé la cabeza, porque sentía que no podía hacer sonar mi voz con tanta debilidad.

—Seis días. Te encontré junto a la puerta y tu piel ardía en fiebre y luego estuviste malo seis días. Ahora debes comer algo.

Me dio arroz con sopa de hojas de yuca, pero me costaba trabajo comerlo; sólo pude tomar un poquito de leche de lata. Todo el tiempo su voz sonaba cascada como la de una vieja. También noté que sus ojos tenían algo raro, como si estuvieran lejos, como si me miraran a través del agua o del cristal, y como si estuvieran llenos de polvo.

Se oyó la voz de tía Musu desde la otra orilla:

—Hawah, ¿qué nuevas tenemos hoy?

—Buenas noticias el día de hoy. La fiebre de Momo ya cedió.

—¡Oh, Gracias a Dios! —y tía Musu empezó a llorar—. Gracias, señor, al menos nos dejaste a este niño. Gracias, Jesús Misericordioso.

—Sí; éste niño tendrá buena estrella.

—¡Ay, Hawah, Hawah! ¿Por qué no echaste fuera a esa bebé del demonio desde el primer día? —dijo Musu sin dejar de llorar.

—Musu, estoy cansada. No me vengas con eso ahora.

—¿Cómo pudiste traer la enfermedad a tu familia?, ¡y todo por la bebé de una extraña!

—Te lo pido. Me siento muy triste ahora. Mañana.

—¡Pero dime para qué! ¿Para matar a tu bebé?, y mira ahí a Momo enfermo.

—Ya estaban abiertos al mal, Musu. La viruela ya había dormido con ellos una noche.

—Pero sólo una noche, eso no era mucho. No creo que la viruela los haya atrapado en sólo una noche.

—Eso no lo sabes. Nadie puede...

—Pues no lo creo.

—¡Pero no lo puedes saber! Además esa mañana Momo y Meatta, los dos, jugaron con Seatta. Y había pipí de la bebé por toda la esterilla.

—Yo no creo...

—¿Cómo me sentiría de dejar a Seatta en la maleza y sacrificarla al leopardo por mi familia, y que luego, de cualquier modo, por esa sola noche la viruela los cogiera? ¿Cómo me sentiría si hubiera matado a esa bebé para nada?

—Pero, Hawah, esa bebé no era tuya; no era nada para ti. ¿Cómo pudiste arriesgar a tu propio bebé de esa manera? Díme, ¿cómo pudiste pensar que hacías algo bueno?

Ahora tía Musu suplicaba, como si necesitara saber, saber para vivir.

Má se levantó, y también su voz se alzó, como la creciente, y entonces dijo:

—Mira Musu, no lo sé. Me lo he preguntado una y otra vez, y siempre me doy la misma repuesta: no lo sé.

—¡Pero tienes que saber!

—¡No lo sé, no lo sé, no lo sé!

Má desgarró mi corazón con sus gritos. Se balanceaba sobre la orilla del río, como una cobra erguida, con el cuello inflado y tenso, escupiendo. Vi que sus ojos estaban llenos de agua y de fuego, y vi cómo caminaba dando traspiés, igual que aquella mujer borracha en Kakata que los niños apedrearon, y me di cuenta de que estaba muy enferma. Sus pies resbalaron en la orilla húmeda, y cayó con un grito dentro del agua.

Má Grande debió estar cerca y escuchar a sus dos hijas peleando, porque salió corriendo en el acto.

—Hawah, Hawah, ¿qué pasa?

Má estaba tirada como una muerta, y el agua del río corría violentamente sobre su cuerpo, arrastrándola hacia las rocas para ahogarla.

Tía Musu gritó:

—¡Má, ven rápido! ¡Hawah cayó al agua! ¡Ven pronto!

—¿Dónde, dónde? —Má Grande estaba perdida, con los brazos extendidos, yendo de un lado a otro de la orilla con el cabello enmarañado como de loca y el semblante desencajado.

—¡Ayúdala, Musu. Por tu Jesús, por el Cielo mismo, tienes que ayudarla!

Yo traté de arrastrarme hasta Má, que ahora estaba lejos de mí río abajo. ¿Para hacer qué, pobre niño enfermo? No lo sé. Los círculos negros flotaron otra vez en el fondo de mis ojos, y no recordé nada más. ❖

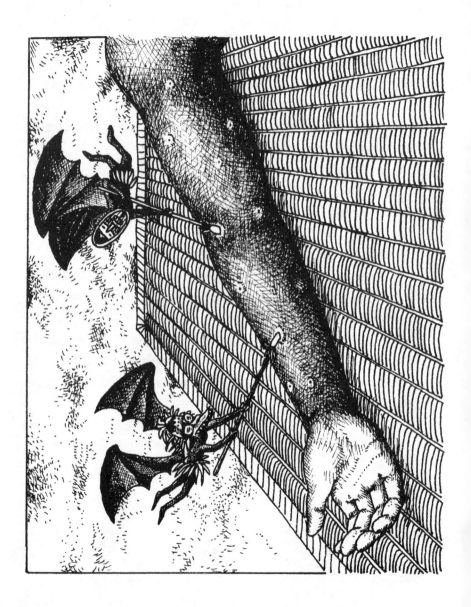

Capítulo 7

❖ ANTES DE VOLVER a abrir los ojos, sentí algo en mis brazos, que me comía y me quemaba la piel. Y un olor fuerte, amargo, como de pipí. Logré abrir los ojos y vi a Má Grande echando jugo de caña sobre mi brazo, todo lleno de una plasta de llagas, rojas, amarillas y negras. Eso era lo que me quemaba, el terrible alcohol en todas esas llagas.

—¡No, por favor! —grité.

—Así que estás bien vivo, ¿verdad? Y coleando. Eres un buen muchacho, no te preocupes. Es la viruela, pero no es grave, tienes fuerzas para resistir Ésas son las únicas llagas que tienes, y pronto se habrán ido.

—¡Ya no! ¡Me quema! —traté de quitar el brazo, pero Má Grande me tenía bien cogido.

—Sí, ya sé, lo sé todo. Pero es buena la quemada del jugo de caña para matar a la viruela. Mira, ¿ves a esa bebé?

Alzó a Seatta en sus brazos, el bebé extraño, y la volví a ver por primera vez desde aquel día en que la había visto de cerca. Tenía grandes manchas rojas por todo su cuerpo pequeñito, y en sus brazos aún había llagas, igual que en los míos. Los dedos de Má Grande tocaban suavemente las cacarañas.

—¿Ves estas cicatrices? En cada cicatriz había una llaga como las que tienes tú. ¿Quieres tener el cuerpo lleno de llagas como esta pobre niña?

—¡No!

—¡Entonces no me vengas con lloriqueos! Tenemos que poner el jugo de caña para evitarlas. Ella va a quedar fea para toda la vida, ahora, pero sobrevivió. No sé cómo.

—¿Dónde está Meatta? —pregunté.

Recordaba que estaba enferma desde hacía mucho tiempo.

Má Grande no me contestó en ese momento. Volvió su rostro hacia el río, luego hacia Álamo Pá Grande, y luego hacia mí. Al fin dijo:

—El espíritu se la llevó.

Me costó un gran esfuerzo preguntar:

—¿Quieres decir que... está muerta? ¿Meatta está muerta?

—Sí. Tu Má hizo todo lo que pudo, pero ella...

—¿Dónde está Má?

De pronto recordé la caída de Má, y su cara en el agua.

—Está durmiendo. Musu la sacó del río, pero está enferma, igual que lo estuviste tú. Y como tú se va a poner buena, ¿eh?

—Quiero verla.

—No, hasta que estén buenos los dos.

De pensar que podía perder a Má por la viruela, igual que a Meatta, que tan pequeñita ya se había ido, me puse a llorar.

—No quiero que el espíritu se lleve a Má. La necesito.

—No te preocupes por ella —dijo riendo Má Grande—. El espíritu no puede llevarse a tu Má. Sólo a los muy viejos como tu Pá Grande, descanse en paz, y a los pequeñitos como Meatta, pobre alma inocente. El espíritu no quiere a tu Má. Es muy correosa.

En ese momento salió tía Musu de la casa.

—Momo, ¿ya despertaste? ¿Cómo te sientes?

—Bien. ¿Qué haces de este lado del río, tía?

Sonrió con orgullo y dijo:

Vine a cuidarlos a ti y a tu Má, y a esa bebé extraña. ¿sabes que Má Grande no podía arreglárselas sola, verdad?

—Pero tú tenías mucho miedo de venir hasta acá —le contesté.

Bien que me acordaba de cómo me había hecho cargar a Meatta desde el pueblo, y cómo corría por el camino, cual pollo gordo, un manojo de nervios y cómo se quedaba en la otra orilla, y sobre todo cómo casi deja que Má se ahogue para no coger la viruela.

—No tenía miedo —dijo enfadada—. No tenía miedo. ¿Por qué venir antes si tu Má todavía estaba buena para ocuparse de ustedes? ¿Para qué arriesgarse si todavía no era una necesidad?

Entonces dijo Má Grande, con suavidad pero con firmeza:

—Momo, no corresponde a los niños decir si un hombre o una mujer tienen miedo. Y tú, Musu, sí tenías miedo. No hay vergüenza en admitirlo. Si Hawah hubiera tenido más miedo, estaría buena ahora, y Meatta estaría viva. Dame tu otro brazo, Momo, el juego de caña está esperando. ❖

Capítulo 8

❖ LAS SIGUIENTES semanas fueron pasando como la tortuga en la arena. Todos los días venía gente del pueblo trayendo comida y preguntando por noticias. Y todos los días tía Musu o Má Grande respondían a gritos.

—¡La bebé extraña está casi buena. Las úlceras de Momo están acabando de madurar y se empiezan a secar. Hawah todavía tiene mucha fiebre!

—¡Hawah se está llenando de úlceras. La fiebre sigue alta!

—¡Se nos está acabando la leche en polvo. Busquen al hermano de mi marido en Monrovia y díganle que mande más. La fiebre sigue alta!

—¡Hawah está cubierta de úlceras. Pero al fin bajó la fiebre!

Y todos los días desde la casa llegaban los quejidos de Má. Má Grande decía que su fiebre había sido mucho peor que la mía, y que la viruela le estaba brotando por todos lados, mientras que yo la resistí y la tuve solamente en el brazo. Todos los días pedía ver a Má, y todos los días me decían que no, porque podíamos contagiarnos el uno al otro.

Pero cuando estuvieron seguras de que mi viruela había pasado, me dejaron entrar a verla.

Mis llagas me molestaban de vez en cuando, y aunque tía Musu siempre me regañaba por rascármelas, no podía dejarlas en paz. A veces todo el brazo me ardía y me picaba por las llagas, y lo único que podía hacer era brincar, o correr, o jugar a la pelota y tratar de olvidar que estaban ahí. Pensaba que iba a quedarme como el niño loquito que anda en estos tiempos por Kakata, cantando y bailando, y nunca descansa.

La viruela es la cosa más mala que hay en el mundo, de verdad que sí. Si se ha ido como dicen, si se fue de este mundo, entonces hay que alabar a Dios, que fue quien la puso ahí en un principio. Pero hay que esperar y observar.

Al fin mis llagas se hicieron pequeñitas, duras y secas, y ni el ardor ni la comezón eran ya tan fuertes como antes. Un día que me metí al río para bañarme, unas costras se reblandecieron con el agua, y me las quité. La piel que había debajo era nueva y de color rojo, pero yo estaba feliz de haber quitado la costra negra. A poco tiempo, todas se me cayeron, y sólo por la piel de abajo que era demasiado tierna, me sentía mejor que nunca.

Un día cuando ya se habían gritado las mismas noticias de una orilla a otra del río, volví a pedir que me dejaran ver a Má, y Má Grande y tía Musu discutieron el asunto, y estuvieron de acuerdo en que estaba bien. La oscuridad era suave y profunda dentro de la casa. Fui hacia Má, pero casi no podía verla en la penumbra. Por un momento no me atreví a hablar.

—Má...

—Momo

Su voz era suave, como la recordaba de antes, y ya no como la de Má Grande; pero sonaba algo raro, como si tuviera la boca llena de arroz.

—¿Qué hay de nuevo? —preguntó.

—Nada especial —contesté.

Busqué sus dientes para ver algo blanco en la oscuridad, pero no los podía distinguir, ni tampoco el brillo de sus ojos.

—Má Grande dice que ya no tienes llagas, Momo. Qué bien, ¿no?

—¡Seguro que sí, Má! ¡Las tenía por todo mi brazo, y cuando Má Grande me ponía jugo de caña para que se secaran, me quemaban tanto que quería morirme!

—Lo sé.

—Y por las noches, no podía dormir de la comezón. No sabía dónde poner los brazos.

—Sí, lo sé, lo sé.

—Nos quedamos callados. Yo la escuchaba respirar y me acordé de la vez que matamos a la cabra. Su respiración era pesada y como con mucho aire, y silbaba y sollozaba. Quería tomar su mano pero no me atrevía.

Al fin dijo:

—Huele mal aquí, ¿verdad?

—Mmmm, como a rata muerta.

—Dile a tu tía que venga.

Encontré a tía Musu afuera y le dije que Má quería verla. Respiró hondo, y entró en la casa mientras yo me quedé afuera.

Se oyó la voz de Má desde la oscuridad.

—¡Musu! Quiero salir. Quiero sentir de nuevo el aire fresco, y el sol.

—¿Te sientes con fuerzas?

—Creo que sí, pero tienes que ayudarme.

—Bueno. Toma. Ponte este pedazo de tela sobre los hombros para que yo no toque tu piel.

Oí a tía Musu resollar y a Má quejarse. Luego vi las sombras de las dos avanzar hacia mí y me hice a un lado para dejarlas pasar. Se detuvieron justo afuera, y un chorro de luz pasó entre los árboles y cayó sobre ellas.

Créanme niños; cuando vi a mi Má me puse a llorar. No me había imaginado que pudiera estar así. Un monstruo. Toda cubierta de llagas. Su cara estaba hinchada, llena de costras, y hasta sus ojos estaban cerrados por las costras. Su nariz parecía un monte de pus, y también estaba tapada por las costras. Su pelo había desaparecido, carcomido por las costras; y su cabeza estaba toda llena de pliegues de algo podrido.

—Se siente bien el sol. Siento que purifica mi piel.

Cuando hablaba, se abría un agujero negro; una costra se unía con la otra, y ésos eran sus labios.

—No puedo ver. Llévame al álamo, Musu.

Caminaron hacia mí. Má iba a ciegas, y tía Musu con los ojos bien abiertos de espanto, pero sin ver. Me eché para atrás. Vi sus pechos y sus brazos cubiertos de llagas; y cuando pasaron junto a mí, vi que su espalda estaba aún peor, en carne viva, por haber estado tanto tiempo acostada. Caminaba torpemente, y mi mirada fue a dar a sus pies, por debajo de la tela que rodeaba su cintura y sus piernas. Allí también la piel estaba mal. Piel mala y costras por doquier.

Cuando llegaron al borde del río debajo de Álamo Pá Grande, tía Musu extendió la tela y ayudó a Má a recostarse en ella. Yo veía, en la cara atónita de tía Musu, que no se había dado cuenta de lo afectada que estaba Má. La oscuridad dentro de la casa no le había permitido verlo. Pero ahora el sol lo mostraba como en un aparador.

—¡Hawah, pobre Hawah!

Y tía Musu se puso a llorar.

Má Grande se acercó a nosotros.

—No llores, Musu, la viruela no está sobre ti. ¿Cómo te sientes, Hawah? ¿Te sienta bien el aire?

—Muy bien.

—¿Cómo está la comezón?

—Ahí sigue. Pero el aire refresca, y me hace bien.

Tía Musu, de rodillas junto a Má, seguía llorando.

—Hawah, he hecho mal, te hice mucho daño. No sabía que estuvieras así de enferma. Por favor, perdóname... perdóname.

El río corrió más lento, el aire se detuvo. Y hasta la respiración de Má se hizo más tranquila.

Finalmente, Má Grande preguntó:

—¿Qué, Musu, qué fue lo que hiciste? —tía Musu se tapó la cara con las manos y su cuerpo se mecía. Llorando, dijo—: Aquella mujer... Aquella mujer llegó al pueblo con su Má y su bebé, y quiso quedarse en mi casa, porque decía que era prima de mi marido allá en Monrovia.

—¿Maima Kiawú?

—Dijo que había venido en el autobús para quedarse a vivir en Kakata. Era muy buena mujer, y la bebé era muy bonita. Las mujeres del pueblo habían venido a darles la bienvenida, y mientras Maima Kiawú cocinaba, jugaron con la bebé. ¡Pero entonces descubrieron la viruela! Y gritaron, y gritaron más fuerte. Fueron a buscar a los hombres para que las sacaran del pueblo.

Maima Kiawú me miró llorando.

"¿A dónde iré?", decía. "¡Mi pobre bebé!... Nos sacaron de Monrovia; ahora nos echarán de aquí. Ayúdenos, por favor. Se lo suplico. Ayúdenos."

—¿Qué hacer? la gente empezaba a acercarse, hombres con palos. La vieja, con su voz cascada, corrió y tomó mi Biblia de la mesa.

"¡Mira este libro! Te dices cristiana, ¿y nos dejas ahí, suplicándote, sin ayudarnos? ¡Idólatra! ¡Pagana! ¡Jesús ha de escupirte a la cara!"

—Pero yo no podía dejarlas en mi casa. Los hombres con los palos se acercaban. Y tampoco podía dejarlas ir sin socorro cristiano, ya anocheciendo, a morir a la selva. Lo único que se me ocurrió fue mandarlas con ustedes, aquí en la granja. Les dije cómo encontrar la casa. Pero les dije también que sólo podían quedarse una noche. Una noche, y luego tendrían que irse.

—¿Qué iba a hacer yo? no sabía que iban a dejar a su bebé. No podía imaginarme que te ibas a quedar con ella. No sabía que tú también te enfermarías así. Hawah, perdóname. No sabía...

Los árboles escuchaban, el río estaba quieto, todos y todo mirábamos a tía Musu de rodillas frente a Má, llorando. Má tranquila. Un hilo de lágrimas corría desde las costras de sus ojos y se iba metiendo en las grietas de la piel, por sus orejas, y hasta la nuca, humedeciendo su rostro como si fuera lodo. Se estremeció tosiendo y moqueando, y luego se puso de lado para dejar de toser. Se llevó la mano a la cara, y pude ver sus dedos unidos entre sí, como las palmas de un pato, costras creciendo sobre las costras, y tan hinchadas que no se veía su anillo de plata en el dedo.

Finalmente, dijo:

—¡Musu, si estuviera sana, te mataba!

Tía Musu dio un grito.

—¡Sí, lo sé, lo sé. Y deberías hacerlo!

—Llévate de aquí a Momo, Musu —dijo Má Grande—. Está escuchando demasiadas cosas. Y tú también vete. Más adelante habrá tiempo para estas pláticas.

Tía Musu se puso de pie y me dio la mano. Yo la tomé con reticencia. Y Má Grande se volvió a decirle a Má:

—Hawah, voy a ponerte jugo de caña. Prepárate al dolor. ¿Estás lista?

Mientras tía Musu me llevaba lejos de ahí, volteé al oír a Má gritando, y pude ver su cuerpo endurecerse y tensarse cuando Má Grande le virtió encima la botella.

Aquella tarde, después de que Má grande y tía Musu llevaron a Má adentro, tomé a Seatta y me dirigí hacia el río. Tía Musu salió de la casa y me vio.

—Momo, ¿qué haces?

Eché a correr, pero la tía fue más veloz, me atrapó cuando llegué al borde del agua, y me arrancó a Seatta de los brazos.

—¿Qué ibas a hacer con está bebé?

No contesté. Tía Musu me golpeó fuerte en la boca.

—¿No me oíste?

Traté de apoderarme nuevamente de Seatta, y grité:

—Voy a dárselo al espíritu para que deje a mi Má.

—¡Momo!

Era demasiado fuerte para mí, y muy pronto dejé caer los brazos, me estremecí, y me puse a llorar.

Tía Musu me abrazaba y me apretaba contra ella, diciendo:

—Momo, Momo... No tengas miedo de los espíritus. No se van a llevar a tu Má. Ellos se llevan a la gente de la selva, no a gente civilizada como tú y yo y tu Má. Si se la llevan será cosa de Jesús y de Dios, nuestro Señor, y si Ellos se la llevan, estará contenta de irse, porque el Paraíso es un lugar hermoso.

—¡Lo dudo! —contesté yo.

—¡Calla!

Y volvió a golpearme en la boca. Pero luego se apenó y se volvió dulce otra vez, y estiró los brazos para enseñarme a Seatta.

—Esta es tu nueva hermanita, Momo, y debes cuidarla igual que cuidabas a tu otra hermanita. ¿No te acuerdas cómo llevabas a Meatta hasta el pueblo, y de vuelta hasta aquí? ¿Podrías tirar a Meatta en el río?

—No.

—¿No tienes hambre? Vamos a comer, ¿sí? ❖

Capítulo 9

❖ PASARON más días. Cada día Má salía para tomar el aire debajo de Álamo Pá Grande. Se veía como un árbol caído, de ésos que se encuentran bien adentro en la selva, podrido y carcomido por el tiempo y los gusanos e insectos, y ennegrecido por años de moho. Vestida con su lappa, de colores brillantes, estampada con pájaros y mariposas, su negra piel de costras se veía más negra aún.

Daba vueltas una y otra vez, tratando de aliviar la comezón y el dolor, pero como todo el cuerpo le dolía y le picaba, ¿de qué lado iba a girarse? ¿De qué lado podía acostarse, sentarse, estar de pie, aun cuando hubiera tenido la fuerza? Su boca era una llaga por dentro y por fuera, y no podía comer; sólo podía beber leche como un bebé. Y cada noche, cuando regresaba adentro de la casa, dejaba en la tela girones de piel enferma.

Má Grande era la que lavaba esta ropa, porque la viruela y ella ya se habían dicho adiós. Y así, tía Musu podía andar por ahí, libre; pasaba su tiempo en el río lavándose y echándose jugo de caña.

Al fin, todas las llagas de Má endurecieron y se hicieron costra, y entonces supe que se iba a poner buena. Un día estábamos Má Grande y yo sentados con Má debajo de Álamo Pá Grande. Yo cuidaba a Seatta y miraba las lianas y los helechos que crecían allá arriba, meciéndose y sonriéndonos mientras platicábamos, mostrando la alegría de vivir tan alto, nutridos por la fuerza de un árbol tan noble. Má estaba hablando, y era tan bueno oír su voz cada vez más fuerte. Decía:

—Má, si tu bebé estuviera enfermo como éste, ¿qué harías?

—Cuidarlo.

—Si pensaras que fuera a morir y tuvieras miedo de coger la enfermedad, ¿entonces qué harías?

—Haría un gran agujero en la tierra, y lo dejaría allí.

—¿Para que muriera?

—Para que muriera.

—¿Tu propio bebé? ¿Habrías hecho eso conmigo?

—Sí, contigo misma. Un hoyo grande, y también ahí habría dejado morir mi corazón.

—¿Hubieras podido dejarme en casa de otra mujer para que me cuidara?

Má Grande escupió en el suelo:

—¡No!

—Má, y si alguien

viniera hacia ti, alguien a quien nunca has visto en tu vida, y estuviera enfermo de viruela, ¿qué harías?

—Tomar un palo y echarlo fuera.

—¿Como a un perro?

—¿Por qué no?

—Yo nunca podría hacer eso.

Guardó silencio y luego dijo:

—Dime, Má...

—¿Mmm?

—¿Lo mandarías con otra persona para que lo cuide?

Parecía que Má Grande iba a escupir de nuevo.

—No. Musu fue muy mala. No la entiendo. Y tampoco te entiendo a ti.

Má se rió, pero empezó a ahogarse, se recostó de lado, y cuando recobró el aliento se volvió a reír y dijo:

—Bueno, eso está bien, porque yo no entiendo a Musu y tampoco te entiendo a ti.

—¡Hmm!

—Bueno, Má... no voy a decir que lo siento. Debo hacer lo que tengo que hacer.

—¡Hmm!

Entonces, Má se volvió hacia mí:

—Confusión, ¿verdad Momo?

En ese momento, oímos a la señora Gbalí, la mujer del reverendo llamando desde la otra orilla:

—Hawah, ¿cómo te sientes?

—Cada vez mejor, señora Gbalí.

—¿Y usted, Má Grande? ¿Está usted bien?

—Tratando de estarlo, señora Gbalí.

—¿Dónde está Musu?

—Aquí estoy —contestó la tía, saliendo de la casa como si fuera un gorrión a punto de cantar:

—¿Qué novedades hay de Kakata?

—Nada nuevo, nada —respondió la señora Gbalí.

—Hawah, todos te extrañamos por allá. La gente pregunta: "¿Cómo puede dejar Hawah que la viruela le dé tan fuerte?" ¿Rezas, Hawah?

—Rezo con frecuencia, señora Gbalí.

—Pero, querida, debes haber cometido un gran pecado para que la viruela te haya atrapado de esa manera. ¿Por qué no acudiste al reverendo para pedir consejo y confesión? Debes dar gracias a Dios de que te estás curando. Dios es misericordia. Puede perdonar hasta los más grandes pecados.

—Estoy agradecida de seguir con vida, señora Gbalí.

La señora Gbalí prosiguió:

—Mira a Musu. Ha estado ahí todo este tiempo cuidándote, con la viruela tan cerca de ella, y nunca la atrapa. Musu, tu corazón debe ser profundo y bondadoso. Dios debe amarte. Si yo tuviera tu corazón, sé que siempre me sentiría feliz y segura.

Tía Musu, que siempre fue complaciente y gorda, dijo:

—Hago lo que puedo, hermana Gbalí. Hago lo que puedo.

En ese momento, por el camino de Golata apareció una vieja. Reconocí su rostro seco por haberla visto detenerse una y otra vez en la otra orilla y mirar hacia nosotros. Luego se daba media vuelta y se iba nuevamente rumbo a Golata. Nunca dijo nada, y creo que fui el único que la llegó a ver ahí.

Esta vez, al ver a la señora Gbalí del mismo lado del río, trató de volver sobre sus pasos, pero la señora Gbalí la llamó, y le preguntó:

—¿Qué tan lejos va usted, abuela?

—A Golata.

La voz de la mujer llegó hasta nosotros como un ruido de hojas secas en el aire reseco, y mi sangre corrió más rápido, como el agua de un torrente frío arremolinándose entre las rocas.

Má grande se puso de pie en un instante, y escupió:

—Me preguntaba cuándo volvería a escuchar esa voz nuevamente. ¿Qué quieres, demonio?

Como un ronroneo de gato, la mujer contestó:

—Tiene buenos oídos, si se acuerda de mi voz.

—Cuando has oído una vez a la víbora, te acuerdas de cómo suena. ¿Qué quieres, demonio?

—He oído decir que la viruela ya se fue de este lugar.

—Puede ser —dijo Má Grande—. Pero veo que la enfermedad sigue caminando por el mundo. ¿Qué buscas aquí, demonio?

—Ya esperé suficiente. Ustedes tienen a mi bebé; devuélvanmela.

Vino un silencio de estupor. Luego Má Grande habló:

—¡No tienes vergüenza!

—¿Dónde está tu hija? —preguntó Má, tiesa como piedra, ahí sentada con la dureza y el peso de la piedra.

—En Golata. Me mandó a buscar a la bebé.

Má Grande se puso a gritar:

—Siquiera ella tiene vergüenza, no como tú.

—Vine a buscar a mi nieta. ¡Tienen que dármela!

—¡Este bebé es de nosotros! —grité yo. Y abracé fuerte a Seatta.

Má puso su brazo alrededor de mi cuello, y nos abrazó a Seatta y a mí. Luego se volvió hacia la vieja en la otra orilla:

—Lo que abandonaste a la muerte... está muerto. Está enterrado justo ahí. Trae una pala y tómalo. Y llévate tu propia carne muerta fuera de este lugar.

La vieja se enfureció, y apuntó con su dedo retorcido hacia Seatta:

—Ahí está el bebé del que hablo. Ese niño tiene a mi bebé.

La señora Gbalí miraba a la mujer de arriba a abajo.

—Abuela, ahora me acuerdo de ti. Te vi cuando tú y tu hija vinieron por primera vez al pueblo. Vi a tu nieta entonces. Jugué con ella. La bebé que ves ahí no es la tuya; ésa es la bebé de Hawah.

—¡Mienten!

La vieja se apartó bruscamente de la señora Gbalí para enfrentarse a Má, como un gato acorralado.

—¡Si no me entregan a ese bebé, llamaré a la policía!

La señora Gbalí le contestó:

—Querida, el jefe de la policía es mi hermano, y él estaba ahí cuando mi marido bautizó a Seatta. Estoy segura de que a él le complacerá decirle que esa bebé es de Hawah.

—¡Traeré a la policía de Monrovia!

La señora Gbalí al fin se puso dura:

—¡Mire, vieja salvaje, y trate de entender! Todos en Kakata atestiguarán en contra de usted. Mejor tome a su hija, y váyanse hoy mismo. Váyanse de Kakata; y también de Golata. Sabemos lo que hicieron, y volveremos a expulsarlas, como lo hicimos antes.

La mujer se rindió y desamparada, lloró con grandes lágrimas y temblores:

—Es muy triste, demasiado triste. Siempre me echan como a un animal. ¿Qué hice para que Dios me odie así? Dénme a mi nieta, se lo suplico. Estoy sola. Les mentí. Mi hija ya no está... Maima murió de la viruela.

—¿Dónde murió? —preguntó Má.

—Allá, en algún lugar de la selva.

—Así como ella abandonó a su hija, así la abandonaste.

—¡Maima se moría! ¿Cómo podía yo ayudarla? No soy más que una vieja, y estoy sola. Devuélvanme a la niña. Por favor, dénme a mi nieta.

Má dijo otra vez:

—Lo que abandonaste está muerto.

La vieja nos miró a cada uno, hasta a mí. Cuando sus ojos de vieja se encontraron con los de tía Musu, suplicó, pero la tía desvió la mirada, avergonzada, y la vieja guardó silencio. Se dio la vuelta, avanzó unos pocos pasos, esperó, y volvió a mirarnos otra vez.

—¿A dónde iré?

—Al lugar del que viniste, ¡Demonio!

Má Grande no tuvo piedad de ella.

Así que se dio la vuelta y siguió su camino con rumbo a Monrovia. ❖

Capítulo 10

❖ AL FIN, Má recobró la salud, y sus costras cayeron. Pero perdió su ojo izquierdo por la viruela, que lo reventó y lo vació, dejando una ranura roja entre los párpados, como Má grande. Pero le fue mejor que a Má Grande, porque el ojo derecho de Má se le quedó. Su cabello volvió a crecer después de que se acabaron las llagas, pero su piel nunca volvió a ser como antes; se veía como el camino polvoso después de que caen las primeras gotas gruesas de lluvia, toda cubierta de montes y valles.

Un día, al poco tiempo de que Má se había puesto buena, nos llevó a Seatta y a mí a Monrovia, al mercado al borde del mar. Las marcas de la viruela se veían ahora rojas y grandes sobre su rostro, y todos se volteaban a mirarla cuando pasábamos.

Má estaba comprando semillas, cuando se le acercó una mujer mandingo, con una cara que parecía que se le iba a caer en dos pedazos, porque estaba partida por una gran sonrisa blanca. Sus ojos centellaban con una luz brillante y puso sus dedos sobre la cara de Má. Movía su cabeza y sonreía, mientras tocaba cariñosamente cada cicatriz. Y Má la observaba. Miró a Má en su único ojo bueno, profundamente hasta llegar a su alma, y brotaron lágrimas de felicidad de su rostro. Al fin dijo:

—Oh, tú tienes que darme tu corazón.

Igual te digo yo a ti, pequeño. Bien. Ahora ya han oído mi historia. Todos a la cama. Vámonos a dormir. ❖

Índice

Cuento negro para una negra noche de Clayton Bess, núm. 14
de la colección *A la orilla del viento*, se terminó de imprimir en los talleres
de Impresora y Encuadernadora Progreso, S.A. de C.V. (IEPSA),
Calzada San Lorenzo núm. 244; 09830, México, D. F.
durante el mes de agosto de 2001.
Tiraje: 7000 ejemplares.

Otros títulos para *los que leen bien*

La batalla de la Luna Rosada
de Luis Darío Bernal Pinilla
ilustraciones de Emilio Watanabe

Veloz como una saeta, una canoa pequeña
atraviesa las tranquilas aguas del Lago
Apacible. Adentro un niño grita:
—Pronto, escondan a Amarú bajo los
juncos. Que no lo encuentren los Sucios.
    Todos sus amigos corren, pues tienen miedo
a los Sacerdotes-Hechiceros a quienes apodan
los Sucios, por el terror que les produce lo
que han escuchado sobre sus ceremonias de
sangre y sus ritos de sacrificio.
    Pero esta vez no será igual. Ellos no habrán
de permitirlo.
    Esta vez dará comienzo la Batalla de la Luna
Rosada.

*Un homenaje audaz a las culturas de la
América precolombina*

Viaje en el tiempo

de Denis Côté
ilustraciones de Francisco Nava Buchaín

Toda la familia y los amigos de Maximino
se encuentran reunidos para festejar su
cumpleaños. Después de almorzar, Maximino
y Jo deciden salir a dar un paseo. De pronto
descubren en la recámara de Maximino un
par de viejos botines desconocidos. Maximino
los toma y empieza así una extraordinaria
aventura en el tiempo, que ellos jamás
hubiesen creído posible.

*¿ Fueron las brujas seres que tenían tratos
con el diablo o simplemente visionarias,
precursoras de la ciencia ?*

Saguairú

de Júlio Emilio Braz
ilustraciones de Heidi Brandt

En la noche de la Luna Melancólica, resonó el aullido solitario. Angustiado, murió en la oscuridad de la selva, en medio de los ruidos de aquella multitud invisible que nos acechaba desde su escondrijo.

Toda la selva parecía esperar que yo matara a Saguairú.

Rehuí aquel viento. Aquel diablo viejo y astuto ya conocía mi olor, el olor de muerte que yo traía impregnado en mi cuerpo como una plaga, un mal reciente e inevitable.

Éramos enemigos hacía mucho tiempo.

¿Son realmente enemigos el cazador y su presa?

La espada del general

de Lourenço Cazarré
ilustraciones de Rafael Barajas "el fisgón"

Primero llegó la empleada, Esmeralda, marchando.
Se apostó al lado de la puerta que daba hacia el
interior de la casa e hizo un alto. Se llevó la corneta
a los labios y dio un toquido, el mismo que
habíamos escuchado días antes. Luego, colocó de
nuevo la corneta en el sobaco y gritó:

—¡La señora generala doña Francisca
Guilhermina Henriquetta Edméa Vasconcellos
Barros e Barcellos Torres de El Kathib, vizcondesa
del Cerro del Jarau!

Y en un movimiento increíblemente ágil para su
edad, saltó hacia atrás, dio un puntapié en un
cilindro y el tapete rojo del día de la llegada entró
por la sala, desenrollándose.

Por encima del tapete, con las manos en la
cintura, pasos cortos y duros, entró la mujercita.
Era imponente, a pesar de su metro y medio...
Estaba comenzando la fiesta en la que se perdió la
espada del general. Una fiesta en verdad divertida.